Adolf Ehrentheil

Karmel

Anatiposi

Adolf Ehrentheil

Karmel

Unveränderter Nachdruck der Originalausgabe von 1850.

1. Auflage 2023 | ISBN: 978-3-38240-142-9

Anatiposi Verlag ist ein Imprint der Outlook Verlagsgesellschaft mbH.

Verlag: Outlook Verlag GmbH, Zeilweg 44, 60439 Frankfurt, Deutschland
Vertretungsberechtigt: E. Roepke, Zeilweg 44, 60439 Frankfurt, Deutschland
Druck: Books on Demand GmbH, In de Tarpen 42, 22848 Norderstedt, Deutschland

(כרמל)
Karmel.

Eine Auswahl der interessantesten

Sagen und Legenden,

poetischer Erzählungen und Kernsprüche

aus dem

Talmud.

Nach dem angeführten Urtexte frei bearbeitet

von

Adolf Ehrentheil.

Mit einem Vorworte

von

Dr. M. Duschak,

Rabbiner in Aussee.

Erstes Heft.

Preßburg, 1850.

Vormals Schmid'sche Buchdruckerei, Prom. Nr. 749.

Dem Dichter

des

„Tischbi",

Herrn

Max E. Stern,

Mitglied der deutschen morgenländischen Gesellschaft zu Leipzig und Halle,
Inhaber der k. k. österreichischen goldenen Ehrenmedaille für Wissenschaft
und Kunst,

widmet diese Blätter

der Verfasser.

Vorwort.

Der Talmud enthält unter den reichhaltigen Schätzen, die in ihm aufbewahrt liegen, auch Sagen und Legenden, die es würdig sind, der gebildeten, in'sbesondere aber der andächtigen Lesewelt näher gebracht zu werden. Die talmudischen Legenden haben einen zweifachen Werth: einmal sind sie eine reichhaltige Quelle historischer Wahrheiten, sie gehören zu den Documenten der jüdischen Geschichte; sehr vielen Legenden liegt eine geschichtliche Wahrheit zu Grunde, allenfalls haben die darin auftretenden Personen gelebt und gewirkt, ihr Charakter ist legendenmäßig erzählt, ihre geheime innere Denkart, der dunkle Grund ihrer Seele, und ihr Wirken im Leben leuchtet aus der Legende hervor; nur gehört ein geschickter Forscher, ein gewandter und unparteiischer Ausleger dazu, die Legende zu entkleiden und das Historische davon zu abstrahiren, damit ein Document daraus werde. In dieser Beziehung bedürfen sie eines fremden Schmuckes nicht; der Geschichtsforscher mag an die Quelle gehen, wenn sie ihm auch nicht heiter und lieblich ent=

gegen riefelt. Zweitens sind die talmudischen Legenden wahre Erbauungsschriften, wahre Tugend= und Andachtsbilder; sie enthalten Züge so edler Einfalt, so reiner Würde und Schönheit, die vollkommen dazu geeignet sind, edle Grundsätze und tugendhafte Gesinnungen zu erwecken. In der stillen Einsamkeit, in den Zeiten der Trübniß und Schwermuth sprechen sie mit sanfter Gewalt dem menschlichen Herzen zu, empfehlen ihm Einkehr in sich selbst, und muntern ihn auf zum Glauben, zur Liebe und Hoffnung. Die talmudischen Legenden enthalten Muster wahrer Tugend und Seelengröße, und sind fähig, himmlische Gefühle, Gemüthsruhe und Seelenstärke in dem Herzen des frommen Lesers zu erzeugen.

Wenn man nun auch der Erzählungsweise der talmudischen Sagen und Legenden eine gewisse Innigkeit und schmucklose Einfalt, Herzlichkeit und Rührung nicht absprechen kann, so sind sie doch nur dem Talmudkundigen zugänglich; damit sie aber ein Gemeingut werden, verdienen sie in die Muttersprache übertragen zu werden, ja sie verdienen es eben so, wie die griechischen Sagen und Legenden, in Gesänge gebracht und poetisch geformt zu werden; sie sind daher Legenden, d. h. legenda, lesenswerth. —

Gespottet hat man schon genug über den Talmud, und zwar meistens mit schalem Spott; verunglimpft und verläumdet hat man den Talmud zu allen Zeiten, und zwar mit Gemeinheit und Unwissenheit; um seinen reinen, gediegenen Inhalt aber, um seine goldenen Sprüche und Lehren hat man sich noch wenig bekümmert.

Mit Vergnügen komme ich daher dem Wunsche des Herrn Verfassers nach: seine, in schwungreicher und gemüthlicher Poesie wiedergegebenen Sagen und Legenden aus dem Talmud zu bevorworten; sie sind vollkommen geeignet, dem nach Erbauung und Erhebung lechzenden Israeliten in die Hände gegeben zu werden; sie werden manches fromme Gemüth erwärmen und beleben, manches israelitische Herz begeistern und erheben. Es thut wahrlich Noth in Israel, besonders im weiblichen Israel, das religiöse Bedürfniß zu wecken und Mittel zu dessen Befriedigung zu bieten. Ja, die weibliche Jugend in Israel, die an keinem Gottesdienste Theil nimmt, keinen, oder nur spärlichen Unterricht in der Religion genießt, die über Judenthum nicht reflectiren kann, möge in'sbesondere diese poetischen Legenden, in gemüthlicher und gefühlvoller Form gegeben, freudig und dankbar entgegennehmen.

Eine ähnliche Arbeit: „Das Buch der Sagen und Legenden jüdischer Vorzeit, Stuttgart 1842", hat bereits Herr A. Tendelau geliefert, welche die gebührende Verbreitung gefunden. Auch vom Herrn Dr. M. L. Letteris ist ein ähnliches Werk erschienen. — Unser Verfasser hat auch das Verdienst, daß er mit Auswahl gearbeitet hat, er hat hierbei die schwerste Tugend und die höchste Geistesgabe bekundet, welche nach dem Spruche der Alten besteht, in δοχιμαξειν prüfend unterscheiden.

Aussee, im Ijar 5610.

Dr. M. Duschak,
Rabbiner.

Inhalt.

מ״ד והנה עלה זית טרף בפיה, אמרה יונה לפני הקב״ה רבש״ע
יהיו מזונותי מרורין כזית ויהיו מסורין בידך, ואל יהיו מתוקין כדבש ויהיו
מסורין ביד בו״ד.   (מס׳ ערובין ס״נ.)

Nur von Gott!

Ruhig war's, allmälig legte
Sich der Elemente Wuth;
Rings kein Leben, was sich regte
Lag begraben in der Fluth.

Noah nur, mit Gott im Bunde,
Lebt im vollen Bretterhaus,
Schickt zum zweiten Mal' um Kunde
Seine flinke Taube aus.

Täubchen fühlt ein neues Leben
In dem weiten Weltenraum,
D'rin, von Wänden eng umgeben,
Fühlt' es seine Schwingen kaum.

Damals, in der Schöpfung Morgen,
Kannt' es noch die Fessel nicht,
Ließ für Kost den Schöpfer sorgen,
Flattert frei im Sonnenlicht.

Rasch entfloh'n dem engen Raume
Und der Menschengabe satt,
Flog es zum Olivenbaume,
Brach davon das bitt're Blatt.

1

„Schöpfer!" sprach es, „o gestatte
Eine kleine Bitte mir:
Bitter sei, gleich diesem Blatte,
Meine Kost, doch nur von Dir —

Nur aus Deinen Vaterhänden
Nehm' ich meine Nahrung frei,
Doch bald muß die Freiheit enden,
Schafft der Mensch mir sie herbei."

———

Besser schmecken bitt're Gaben,
Uns vom Himmel zugesandt,
Als an süßen uns zu laben,
Dargereicht von Menschenhand.

———

אמר ר' שמעון בן לוי בשעה שאמר הקב"ה לאדם הראשון קוץ
ודרדר תצמיח לך, זלגו עיניו דמעות, אמר לפניו רבש"ע אני וחמור נאכל
באבוס אחד — כיון שאמר לו בזעת אפך תאכל לחם, מיד נתקררה דעתו.
(פסחים פ"ו.)

Die erste Thräne.

Schamroth, ohn' ein Wort zu reden,
Voll vom ersten Schmerz die Brust,
Stand das erste Paar im Eden
Vor dem Schöpfer, schuldbewußt.

Lustberauscht vom Lebensborne,
Ruft des Himmels Wort sie wach,
Und als im gerechten Zorne
Gott hierauf zu Adam sprach:

„Mensch! zum Lohn des Widerstrebens,
Sei die Erde dir verflucht,
Daß dein gier'ger Blick vergebens
Ihre reichen Gaben sucht.

Nicht mehr jenes bunt' Gefilde,
Reich beladen, siehst du hier;
Dornen, Disteln, nichts als wilde
Schierlingspflanzen bringt sie dir."

Da, vom Fluche tief erschüttert,
Oeffnet sich sein Thränenquell,
Und zum ersten Male zittert
Ihm im Aug' die Thräne hell.

1*

„Herr, mein Gott! gedenk' der Seele,
Die mir deine Allmacht gab,
Wirf mich nicht beim ersten Fehle
Tief zurück, zum Thier hinab.

Soll ich, Herr! denn mit dem Herzen,
Das mir laut im Busen schlägt,
Schöpfer, deine Gunst verscherzen,
Die allein mich aufwärts trägt?"

„Soll ich, Herr, dem Esel gleichen,
Den kein höh'rer Trieb erfüllt,
Der an Disteln und Gesträuchen
Träge seinen Hunger stillt?"

So der Mensch, indeß vom Weinen
Ihm das Auge überfließt;
Doch, um Schmerz und Trost zu einen,
Ihm der Herr den Fluch versüßt.

„Wisse, Mensch! nach regem Fleiße
Oeffnet sich die Erde dir,
Tränkst du sie mit deinem Schweiße,
Dann erringst du Brot von ihr."

Und der erste Schmerz, der wilde,
Wandelt sich in reine Lust,
Tröstend fiel dieß Wort der Milde
In des ersten Menschen Brust —

Fiel wie Tropfen kühlen Thaues,
Auf die Erde sonnverbrannt,
Und den Fluch des Ackerbaues,
Hat als Segen er erkannt.

––––––––––

בשעה שאמר הקב"ה אנכי, לא יהיה לך, אמרו א"ה לכבוד עצמו
הוא דורש, כיון שאמר כבד אביך ואמך, הודו וחזרו למאמרות הראשונות.
(קדושין פ"ח.)

Das fünfte Gebot.

Als dem auserwählten Volke,
Durch des höchsten Gottes Mund,
Einst am Sinai aus der Wolke
Ward die heil'ge Lehre kund —

Standen auch der Heiden viele
Rings um den geweihten Ort;
Lauschten, wär's auch nur zum Spiele,
Dem erhab'nen Gotteswort.

Doch sie trugen kein Verlangen
Nach des wahren Glaubens Macht,
Denn ihr Sinn war noch umfangen
Von des Heidenthumes Nacht.

Als das Erste, und das Zweite
Der Gebote ward bekannt:
„Bin dein Gott, der dich befreite
Aus Egyptens Sclavenland" —

„Keine Götzen sollst du wählen
Dir vor meinem Angesicht!"
Sprachen jene niedern Seelen:
„Seh't, wie er sich Kränze flicht!"

„Seh't, des eig'nen Ruhmes wegen
Nur ergeht sein Wort an Euch!
Davon hofft Ihr Heil und Segen?
Wohl gar einst ein Himmelreich?"

Bald d'rauf folgten jenen Zweien
And're acht Gebote nach;
Und als zu des Volkes Reihen
Gott die edlen Worte sprach:

„Vater, Mutter sollst du ehren,
Ewig heilig sei'n sie dir,
Und ich will die Jahre mehren
Dir im Erdenleben hier."

Da ward's endlich klar den Heiden,
Klar wie sonnenheller Tag,
Daß auch in den ersten beiden,
Mehr als bloße Selbstsucht lag.

Denn wer edle Kindesliebe
In der Menschen Herzen legt,
Wird fürwahr vom reinsten Triebe,
Nicht vom eitlen Stolz bewegt.

ולא קרב זה אל זה כל הלילה, באותה שעה בקשו מה"ש לומר
שירה לפני הקב"ה, אמר להן הקב"ה מעשה ידי טובעין בים, ואתם
מבקשים לומר שירה לפני.   (סנהדרין ס"ד.)

Die strafende Vaterhand.

Frei das Volk, das lang gekettet,
Lang geseufzt im Sclavenland,
Und im Meere tief gebettet,
Liegt der Feind durch Gottes Hand.

Frei! dieß Wort, es hallet wieder
Nicht nur in des Menschen Brust,
Freiheit weih'n durch hehre Lieder
Engel selbst in Himmelslust.

In den lichten Höhen d'roben
Jauchzt man ob der Wunderthat,
Sieh'! den Göttergott zu loben,
Jetzt ein Engel=Chor ihm naht.

Doch der Schöpfer, sanft und milde,
Wies die Jauchzenden zurück:
„Glaubt ihr, an dem Jammerbilde
Weide sich mein Vaterblick?"

„Nicht Gesang, nicht Ruhm und Ehre
Bringt mir, auch kein Dankgebet,
Trauernd seh' ich, wie im Meere
Meiner Hände Werk vergeht.

Fühlt das Kind des Vaters Ruthen,
Fühlt der Vater auch den Schmerz,
Und im Zorne selbst muß bluten
Das gekränkte Vaterherz.

9

ר׳ פנחס בן יאיר הוה קא אזיל לפדיון שבוים, פגע בי בגינאי נהרא
א״ל גינאי חלוק לי מימך ואעבור בך, א״ל אתה הולך לעשות רצון קונ־
ואני הולך לעשות רצון קוני, אתה ספק עושה, ספק אי אתה עושה,
ואני ודאי עושה, א״ל אם אי אתה חולק, גוזרני עליך שלא יעבור בך
מים לעולם, חלק ליה. (חולין פ״ח.)

Des Erlösers Machtgebot.

Zog Benjoir, Gott im Herzen,
Hin nach weitentleg'nem Ort,
Um zu lindern Gram und Schmerzen,
Durch sein sanftes Trosteswort.

Rüstig zieht er, unverdrossen,
Hin manch' langen, heißen Tag;
Wo im Kerker tief verschlossen
Ein unschuldig Opfer lag —

Strebt er, es an's Licht zu führen,
Rastlos stets in Wort und That;
Ließ sich der Tyrann nicht rühren,
Streut er reich die gold'ne Saat.

Und so Mancher kehret wieder
In der Seinen holden Kreis,
Lohnt dem Manne brav und bieder
Mit des Dankes Thränen heiß.

Dort, wo die Tyrannen hausen,
Zog er einst als Retter hin,
Sieh'! da wälzt im wilden Brausen
Sich ein Strom durch's Wiesengrün.

Ringsum war des Weges Mitte
Von den Fluthen überschwemmt,
Und des edlen Mannes Schritte
Hat der breite Strom gehemmt.

„Theil' dich, Strom, und laß' mich ziehen!"
Ruft er laut den Fluthen zu:
„Theil' dich, eh' die Stunden fliehen,
Denn die Sünde büßest du" —

„Wenn die Opfer länger schmachten
In des tiefen Kerkers Gruft."
Doch die stolzen Wellen lachten
Deß', der diese Worte ruft.

„Rühmlich nenn' ich deine Eile,"
D'rauf der Strom zum Wand'rer spricht:
„Doch gehorch' ich nicht, und theile
Mich ob deines Wortes nicht."

„Ziehst du hin, den Schmerz zu stillen,
Wie's dein Schöpfer dir gebeut,
Fließ' auch ich nach Gottes Willen
Durch die Auen weit und breit."

„Weißt du, ob dein Werk gelinget?
Ob gerührt wird der Tyrann?"
Doch die kühne Welle bringet,
Nimmer müde, schnell voran —

Und der Strom, in wilder Krümmung,
Rasch voran die Bahn sich brach;
Doch der Mann in trüber Stimmung
Ruft ihm laut die Worte nach:

„Theilst du rasch mir nicht die Wogen,
Stolzer Strom, nach meinem Sinn,
Bis ich glücklich durchgezogen
Und auf festem Boden bin" —

„Dann fürwahr, zum Himmel stiege
Brünstig mein Gebet hinauf,
Daß dein reicher Quell versiege,
Daß gehemmt dir sei dein Lauf" —

„Daß du deine Wellen nimmer
Sendest in das Weltenmeer,
Daß dein Bett von nun an immer
Trocken bliebe, wüst und leer."

Sprach's, und in der Strömung Mitte
Hat der Strom sich schnell getheilt,
Und der Mann mit leichtem Schritte
Rasch an's ferne Ziel nun eilt.

———

Willst das Ziel du bald erreichen,
Muß dein Wille fest besteh'n,
Berg' und Ströme müssen weichen,
Soll die edle That gescheh'n.

———

ת״ר כשחרב הבית בראשונה נתקבצו כתות כתות של פרחי כהונה
ומפתחות העזרה בידיהם, ועלו לגגו של היכל. ואמרו לפניו רבש״ע
הואיל ולא זכינו להיות גזברים נאמנים לפניך הרי מפתחות מסורין לך,
וזרקום כלפי מעלה, יצאתה כמין פסת יד ולקחתם, והם קפצו ונפלו לאור.
(תענית ס״י.)

Die Tempelſchlüſſel.

Zion's öde Trümmer rauchten,
An dem Tempel zehrt die Gluth,
Und die Riesenbrände tauchten
Sich verlöschend dann in Blut.

Rasch die gier'gen Flammen sengten,
Was dem Schwerte noch entrann,
Nur noch Priesterschaaren drängten
Sich zur Tempelstuf' hinan.

Und sie schreckt nicht das Gekrache
Des Gebälkes ringsumher;
Sieh', schon steh'n sie auf dem Dache,
Unten wogt ein Flammenmeer.

Und den Blick, den feuchten, wenden
Sie zu Gott, der sie verläßt,
Halten krampfhaft mit den Händen
Noch des Tempels Schlüssel fest.

Alle, wie aus einem Munde,
Dann im herben Schmerze fleh'n:
„Sieh', o Herr, vor dir im Bunde
Die entweihten Priester steh'n."

„Zürnend hast du abgewendet
Von uns deinen Vaterblick;
Ach! der Tempel ist geschändet,
Nimm die Schlüssel nun zurück."

Hoch empor zum Firmamente
Werfen sie den Schlüsselbund,
Schnell der Himmel sich dann trennte
Und empfing sie auch zur Stund'.

Noch ein Halleluja sangen
Sie zu Gottes Ruhm und Ehr',
Und sich fest umschlingend, sprangen
Sie hinab in's Flammenmeer.

ת"ר מעשה במונבז המלך שבזבז אוצרותיו ואוצרות אבותיו בשני
בצורת, וחברו עליו אחיו ובית אביו, אמרו לו, אבותיך גנזו אוצרות
והוסיפו על של אבותם, ואתה בזבזת אוצרותיך ואוצרות אבותיך, אמר
להם, אבותי גנזו אוצרות למטה ואני גנזתי אוצרות למעלה שנא' וכו',
אבותי גנזו במקום שהיד שולטת בו ואני גנזתי במקום שאין היד שולטת
בו שנא' וכו', אבותי גנזו דבר שאין עושה פירות ואני גנזתי דבר שעושה
פירות שנא' וכו', אבותי גנזו אוצרות ממון ואני גנזתי אוצרות נפשות שנ'
וכו', אבותי גנזו לאחרים ואני גנזתי לעצמי שנא' וכו', אבותי גנזו לעה"ז
ואני גנזתי לעה"ב שנא' וכו'.   (בבא בתרא פ"ה.)

Arm und reich.

Hört die Mähr' vom Königssohne,
Der sich Munwas einst genannt,
Nahm als Erbe Reich und Krone,
Viel des Goldes, Volk und Land.

Bald d'rauf stand es täglich schlimmer
Um die Schätze, einst so reich;
Doch ihr Leute, glaubet nimmer,
Daß er, jungen Erben gleich, —

Schwelgend in den Arm der Freuden,
Nur auf schnöde Wollust sann;
Nein, er sucht den Quell der Leiden,
Wo des Kummers Thräne rann; —

Wo die Noth im Herzen wühlte,
Streut er hin die gold'ne Saat;
Wo sein Herz nur Mitleid fühlte,
Dort er schnell als Retter naht.

So von seines Thrones Höhe
Streut er Hilfe liebevoll;
Und als einst des Hungers Wehe
Laut in seinem Land' erscholl; —

Als die Erde ihren Kindern
Hart das Mutterherz verschloß,
Strebt er, all' die Noth zu lindern;
Doch das Elend war zu groß —

Und sein Reichthum ging zu Ende,
Da er nicht unendlich war,
Und des edlen Gebers Hände
Waren bald des Goldes bar.

Schwestern, Brüder, Vettern, Basen,
Die dem Geben nicht so hold,
Rümpften sämmtlich jetzt die Nasen,
Weil geschmolzen war das Gold.

Sprachen: „Ach, wie weit gefallen
Von dem Stamme ist die Frucht!
Hat wohl deiner Ahnen Hallen
Mangel je und Noth besucht?"

„O! wie jene fromm bewahrten,
Was von Ahnen auf sie kam,
Wie sie kargten, wie sie sparten,
Und nicht kannten Noth und Gram;"

„Und du streu'st mit vollen Händen
Deine Schätze in den Wind,
Schrecklich kann das Blatt sich wenden:
Reich die Eltern, arm das Kind."

„Gebt Euch," sprach er, „nur zufrieden,
Wißt, ich hab' wie sie gespart;
Nur daß s i e ihr Gold hienieden,
Ich im Himmel aufbewahrt."

„Eu're Schätze bringen Sorgen,
Nie man sie ganz sicher weiß,
Doch die meinen sind geborgen,
Sie umgibt ein Zauberkreis."

„Fruchtlos häufen stets und häufen
Mußten meine Ahnen nur,
Doch ich seh' einst Samen reifen,
Den ich säet' auf Himmelsflur."

„Und was ist's denn, Schätze zählen,
Etwa mehr als eitler Wahn?
Für mein Gold kauft' ich mir Seelen,
Die mir dankbar zugethan."

„Und so streu'ten gold'ne Saaten
Uns're Ahnen nicht für sich,
Doch ich streb' nach edlen Thaten,
Und so samml' ich denn für mich."

„Jene mochten wohl sich grämen,
Daß des Lebens Vorhang fällt,
Doch was m e i n ist, kann ich nehmen
Mit in eine beß're Welt."

א"ר אלעזר מיום שחרב בהמ"ק ננעלו שערי תפלה, ואע"פ ששערי
תפלה ננעלו, שערי דמעות לא ננעלו.

Beten und Weinen.

Was glänzt, mein Volk, im Auge dir,
Wenn Andacht dich bewegt,
Und dich vom Erdenlande hier
Ge'n Himmel aufwärts trägt?

Was glänzt im Aug', das ostwärts schweift
In schmerzlich süßer Lust,
Indeß dich banges Weh' ergreift
Und eng dir wird die Brust?

Was frag' ich doch? fürwahr ich weiß,
Was dir im Auge steht,
Es ist die stille Thräne, heiß,
Sie fließt, weil dein Gebet

Dich mahnt an deines Tempels Pracht,
An Priester und Altar,
Die Gott im Zorn ließ unbewacht,
Und Preis gab der Gefahr.

Der Tempel war die Pforte dir
Zu deines Gottes Thron,
Doch sieh', der Vater schloß die Thür
Gar zürnend zu dem Sohn.

Und wenn auch mit des Tempels Fall
Die Pforte dir sich schloß,
Glaubst du, es sei ein leerer Schall,
Wenn sich dein Herz ergoß?

Nein, nein, mein Volk! dem Thränenquell
Die Pforte sich erschließt,
Der rieselt still, fließt heiß und hell,
Vor Gottes Thron er fließt.

Ist selbst des Tempels Schutt und Staub
Von Stürmen längst verweht,
Ist doch des Schöpfers Ohr nicht taub
Für Weinen und Gebet.

———————

ת״ר מעשה בריב״ז שהיה רוכב על החמור והיה יוצא מירושלים והיו
תלמידיו מהלכין אחריו, ראה ריבה אחת שהיתה מלקטת שעורים מבין
טלפי בהמתן של ערביים. כיון שראתה אותן נתעטפה בשערה ועמדה
לפניו, אמרה לו רבי פרנסני, אמר לה בתי מי את, אמרה בת נקדימון
בן גוריון אני, אמר לה בתי ממון של בית אביך היכן הלך? אמרה לו
רבי לא כדין מתלין מתלין בירושלים מלח ממון חסר ואמרי לה חסד.
(כתובות ס״ו.)

Des Reichthums Salz.

Aus der Stadt, der gottgeweihten,
Ritt Ben Sakai einst auf's Feld,
Viel der Schüler ihn begleiten,
Jeder sich zu ihm gesellt.

Um dem weisen Wort' zu lauschen,
Das der edle Rabbi sprach,
Um Ideen auszutauschen,
Folgt ihm jene Menge nach.

Heiter zieh'n sie nun im Freien,
Schlürfen rasch die würz'ge Luft,
Horch! in wilden Schmerzensschreien
Man den weisen Rabbi ruft.

Hastig nun die Blicke fliegen,
Hin nach jenes Rufes Ort,
Sieh', Araberthiere liegen,
Nehmen Trank und Futter dort.

2*

Nach den Körnern, die beim Fraße
Spärlich fielen in den Koth,
Hascht ein Weib, im Uebermaße
Ihrer grenzenlosen Noth.

Sie war's, die im Schmerze klagend,
Laut des Rabbi Namen rief,
Und jetzt zitternd, scheu und zagend,
Hin zu seinen Füßen lief.

Um des Weibes Nacken fliegen
Aufgelös't die Haare wild;
Blaß und fahl, dem Grab' entstiegen,
Schien des armen Weibes Bild.

„Rabbi! Rabbi! hab' Erbarmen,
Laß' mich nicht vergeh'n vor Noth;
Gib, o Edler, gib mir Armen
Nur das heißersehnte Brot."

„Sieh', wie Gram und Hunger nagen
Grausam mir an Seel' und Leib,"
Sprach im Jammer und im Zagen,
Das so tief gebeugte Weib.

„Sag', wer bist du, Kind der Leiden?"
Frug der weise Rabbi sie,
„Sah'st du niemals Glück und Freuden,
Sah'st du schön're Tage nie?"

„Stand die Noth an deiner Wiege,
Schlug dir freudig nie das Herz?
Rede, Tochter! und besiege
Doch einstweilen deinen Schmerz."

„Bin in Armuth nicht geboren,
Sah der Noth nie in's Gesicht;
Bin von Gott zum Gram erkoren,
Bis das arme Herz mir bricht."

„Einst, im Vaterhaus', im reichen,
Schien des Glückes Sonne mir,
Jetzt, im Elend sonder Gleichen,
Steh't Bengurjon's Kind vor dir."

„Sah'st du wirklich schön're Tage?
Bist du jenes Reichen Kind?
So vergib, wenn ich dich frage,
Wo des Vaters Schätze sind?"

„Ließ dein Vater Euch, den Seinen,
Seine reichen Schätze nicht?"
D'rauf im schmerzlich stillen Weinen
Nun Bengurjon's Tochter spricht:

„Weh' mir, daß ich bin erkoren,
Zu gesteh'n des Vaters Schuld:
Nicht umsonst hat er verloren
Gottes reiche Gnad' und Huld."

„Ist dir nicht der Spruch im Bilde
Aus Jerusalem bekannt?
„„Edles Wohlthun, reine Milde,
Wird des Reichthum's Salz genannt.""

„Wie das Salz dir von dem Braten
Fäulniß und Verwesung wehrt,
So durch edle, milde Thaten
Sich der Reichthum hält und mehrt."

„Doch von diesem gold'nen Spruche
War mein Vater nicht beseelt,
Und sein Segen ward zum Fluche,
Weil des Reichthum's Salz gefehlt."

———

עולא ורב חסדא הוה קאזלי באורחא כי מטא אפתחא דבי רב חנא
בר חנילאי נגד רב חסדא ואתנח א״ל עולא אמאי קא מתאנחת, והאמר
רב אנחה שובר חצי גופו של אדם וכו׳ ור׳ יוחנן אמר כל גופו של אדם
וכו׳ א״ל היכן לא אתנח. ביתא דהואי בה שיתין אפייתא ביממא ושיתין
אפייתא בליליא ואפיין לכל מאן דצריך, ולא שקיל ידא מן כסא דסבר
דלמא אתא עני בר טובים ואדמטו לי לכסא קא מכסיף, ותו הוו פתיחין
לי ד׳ בבי לד׳ רוחתא דעלמא, וכל דהוא עייל כפין נפק כי שבע והוה
שדי לי חטין ושעורין בשני בצורת אבראי דכל מאן דכסיפא מילתא
למשקל ביממא אתא ושקל בליליא, השתא נפל בתלא ולא אתנח? א״ל
הכי א״ר יוחנן כיום שחרב בהמ״ק נגזרה גזירה על בתיהן של צדיקים
שיחרבו וכו׳ ועתיד הקב״ה להחזירן לישובן שנא׳ וכו׳.   (ברכות פ״ט.)

Des Frommen Haus.

Zog einst an Raw Chisda's Seite,
Ula, heitern Sinnes aus;
Wie sie zieh'n so in die Weite,
Steh'n sie vor Raw Chana's Haus.

Und Raw Chisda steh't und schweiget,
Sieht das Haus an, starr und lang,
Und aus seinem Herzen steiget
Dann ein Seufzer, schwer und bang.

„Ha! was war das?" frug der And're,
„Doch wohl nicht ein Seufzer gar?
Seit ich dir zur Seite wand're,
Doch dein Sinn stets heiter war?"

„Was kann Seufzer dir erpreſſen,
Die ich nie von dir gehört?
Kannſt du ſeufzen und vergeſſen,
Was der edle Raw uns lehrt?"

„Seufzer, ſagt der Weiſe, brechen
Leicht des ſtarken Körpers Kraft;
Willſt du nun den Leib dir ſchwächen,
Den der Gram ſo leicht hinrafft?"

„Seufzer ſind die letzten Züge,
Wenn vor Kummer ſtirbt ein Herz;
D'rum vergib mir, Freund! die Rüge,
Und enthüll' mir deinen Schmerz."

D'rauf der Rabbi: „Laſſ' mich trauern,
Laſſ' mir meinen ſtillen Schmerz,
Sieh', der Anblick jener Mauern
Füllt mit Wehmuth mir das Herz" —

„Weil ein frommer Mann d'rin lebte,
Der des Hauſes Engel war,
Der nach hehrem Gute ſtrebte,
Der da wohlthat immerdar."

„Einſt, eh' noch dieß Haus verfallen
Hier in Schutt und Trümmer lag,
Strömten aus den weiten Hallen
Mild' und Güte, Tag für Tag."

„Sechzig flinke Bäcker regten
Sich dort an des Backtrog's Rand,
Und des Brodes Gabe legten
Sie in jedes Armen Hand."

„Und des Edlen mildes Streben,
War mit Zartheit auch gepaart:
Stets bemüh't, so schnell zu geben,
Daß der Arm' es nicht gewahrt."

„D'rum ward auch aus tiefer Tasche
Nie die Hand, die milde, frei,
Daß die Gabe dann, die rasche,
Süßer für den Armen sei."

„Und vier Thore standen offen,
Hin nach Ost, West, Süd und Nord,
Wo ein Armer eingetroffen,
Fand er milde Gaben dort."

„Wer da kam aus Nah' und Ferne
Hungernd, durstend, schwach und matt,
Kehrt dort ein, man pflegt' ihn gerne
Und entließ ihn stark und satt."

„Als die Welt in allen Enden
Einst vom Mißwachs heimgesucht,
Streu't hinaus mit vollen Händen,
Er des Nachts die theu're Frucht,"

„Daß der Armuth sich nicht schäme
Der, deß' traurig Loos nicht kund,
Und die Gabe dennoch nehme
Sich in nächtlich stiller Stund'."

Und an jenes Hauses Mauern,
Sieh', wie hat die Zeit genagt;
Laß' mich seufzen, laß' mich trauern,
Mir ist jeder Trost versagt."

„Armer Freund, mich mahnt dein Klagen
An des weisen Rabbi Spruch:
Daß seit Zion's Unglückstagen
Ruh't auf heil'ger Stätt' ein Fluch;"

„Seit aus Zion's Tempelhallen
Zog die heil'ge Weihe aus,
Liegt in Schutt und Staub verfallen
Auch des Frommen heilig Haus."

„Doch dieß Wort dir Trost verleihe,
Daß Gott Israel's es schwor:
„„Wie der Tempel einst, der neue,
Geht aus Schutt und Asch' hervor,""

„„Dann den Häusern auch der Frommen
Eine neue Sonne scheint."" —
So sprach Ulla; doch beklommen
Blieb der gramerfüllte Freund.

––––––––––

אמר רב חמא בשלשה דברים אדם ניכר בכוסו בכיסו בכעסו, ויש
אומרים אף בשחקו. (עירובין ס"ה.)

Menschenkenntniß.

———

Hör' mein Lied, es soll dir nennen
Inhaltschwerer Dinge drei;
Nur durch sie sollst du erkennen,
Was des Menschen Wesen sei.

Wein! der ist ein Sorgenbrecher,
Wein das Herz mit Lust erfüllt;
Doch wenn maßlos sich ein Zecher,
Wild in Rausches Nebel hüllt,

Bis er von der Menschheit Höhe
Tief hinab zum Thiere sinkt,
Schnell entfleuch aus seiner Nähe,
Die dir Hohn und Schande bringt.

Geld! es bringt uns hier auf Erden
Nichts und nichts, und doch so viel;
Nützlich kann's, auch schädlich werden,
Treibt damit man loses Spiel.

Sieh'st den Reichen du hienieden
Mild die gold'nen Saaten streu'n,
Sieh'st den Armen du zufrieden
Sich der g'ringen Habe freu'n —

Theil' mit diesem deine Freuden,
Theil' mit jenem deinen Schmerz,
Edel sind sie, denn in beiden
Wohnt ein menschlich reines Herz.

Doch wer nur das Gold, das schnöde,
Aller Güter höchstes nennt,
Sieh', deſſ' Herz ist leer und öde,
Dort kein heilig Feuer brennt.

Zorn, erregt vom kleinsten Fehle,
Gibt des Geistes Schwäche kund,
Zürnend zeigt die große Seele,
Wer im Zaum hält Hand und Mund.

So, im Gelde, Zorn' und Weine,
Sieh'st du klar des Menschen Herz,
Ja manch' Weiser sagt, er meine:
Es verräth sich auch im Scherz.

ת״ר עני ועשיר ורש באו לדין, לעני אומרים לו מפני מה לא עסקת
בתורה, אם אמר עני היה וטרוד במזונותיו, אומרים לו כלום אתה עני
יותר מהלל, אמרו עליו על הלל הזקן שבכל יום ויום היה עושה בטרפעיק
חצי נתן לשומר בה״מ והציו לפרנסתו ופרנסת אנשי ביתו, פעם אחת
לא מצא להשתכר ולא הניחו שומר בה״מ ליכנס, עלה ונתלה וישב על
פי ארובה כדי שישמע דברי אלהים חיים מפי שמעיה ואבטליון, אמרו
אותו היום ע״ש היה ותקופת טבת היה וירד עליו שלג מן השמים וכסהו
כיון שעלה עמוד השחר א״ל שמעיה לאבטליון אחי בכל היום הבית מאיר
והיום אפל שמא יום מעונן הוא, הציצו עיניהם וראו דמות אדם בארובה
עלו ומצאו עליו רום ג׳ אמות שלג פירקוהו והרחיצוהו וסכוהו והושיבוהו
כנגד המדורה אמרו ראוי זה לחלל עליו את השבת.

(יומא ל״ה)

Armuth und Lernbegierde.

Steh't der Arm' am jüngsten Tage
Einst im Himmel vor Gericht,
„Warum" — lautet dann die Frage —
„Lernteſt du die Torah nicht?"

„Herr, mein Gott! wie konnt' ich werben
Um der Torah hohen Preis?
Wollt' ich nicht vor Hunger ſterben,
Mußt' verdoppeln ich den Fleiß."

„Ringen mußt' ich ſtets und ſtreben,
Feilſchen mit der Zeit um Brot,
Wollt' ich lernen, geiſtig leben,
Droh't dem Körper Noth und Tod."

Doch der Herr läßt das nicht gelten,
Ihm ist ja die Wahrheit klar;
„Aermer“ — spricht er — „ist man selten
Als der greise Hillel war,“

„Der die Hälft’ von einem Gulden
Mühsam täglich nur gewann,
Der wohl Mangel mußt’ erdulden,
Doch auf heil’ge Lehre sann;“

„Der das Wen’ge, schwer errungen,
Redlich in zwei Hälften theilt,
Halb von dem, was er erschwungen,
Gönnt’ er sich, — das And’re eilt“

„Täglich er dem Mann’ zu geben,
Der das Lehrhaus stets bewacht,
Um den Eintritt zu erstreben,
In das Haus, wo Tag und Nacht“

„Schmaja und Abtaljon drangen
In der Lehre tiefen Sinn;
Einst solch’ Wissen zu erlangen,
Galt allein ihm für Gewinn.“

„Und als einst durch Schicksalstücke
Ihm sein Streben nicht gelang,
Als, verfolgt vom Mißgeschicke,
Er das Wen’ge nicht erschwang,“

„Als der Hunger heischt verdrossen,
Und der Wächter den Tribut,
Als die Thür ihm blieb verschlossen,
Sank ihm dennoch nicht der Muth.“

„An dem Dache jener Zelle
War im oriental'schen Styl
Eine Oeffnung, wo die Helle
In die dunk'le Stube fiel."

„Dort hinauf war er gestiegen,
Täuschte so des Wächters Blick,
Eifrig lauschend dort zu liegen,
Hielt der Frost ihn nicht zurück."

„Ob auch Stürme ihn umtoben,
Ob der Schnee in Massen fällt,
Voll Entzücken lag er oben,
Sah hinab in seine Welt."

„Dort, gewöhnt am Sonnenscheine,
Der durch's Dach in's Zimmer drang,
Frägt verwundert dann der Eine:
„„Währt die Nacht heut' denn so lang?""

„„Daß die Sonn' heut' nicht, wie immer,
Leuchtend uns're Stube füllt?
Hält vielleicht den Strahlenschimmer
Ein Gewölke heut' verhüllt?""

„Um in Wahrheit zu erspähen,
Was den Lichtquell heut' verschloß,
Beide dann nach oben sehen;
Doch wie ist ihr Staunen groß:"

„Einen Mann sie sehen liegen,
Lauschend an des Fensters Rand! —
Als sie dann das Dach erstiegen,
Und den Hillel dort erkannt,"

„Wie der Schnee in schweren Massen
Lag auf ihm drei Ellen dicht:
Sabbath war's, doch unterlassen
Konnten die Gelehrten nicht"

„Ihn zu fegen, waschen, salben,
Seine Kräfte zu erneu'n,
Eines solchen Mannes halben
Selbst den Sabbath zu entweih'n."

———

Dieß zum Beispiel, wie die Lehre
Nicht des Armen Hütte flieht,
Nein! sie schmückt mit Ruhm und Ehre,
Jeden, der für sie erglüht.

אמר שמעון הצדיק וכו'

פעם אחת בא אדם אחד נזיר מן הדרום וראיתיו שהוא יפה עינים
וטוב רואי וקווצותיו סדורים לו תלתלים, אמרתי לו בני מה ראית להשחית
שערך זה נאה, אמר לי רועה הייתי לאבא בעירי והלכתי למלאות מים
מן המעין ונסתכלתי בבואה שלי ופחז יצרי עלי ובקש לטרדני מן עולם.
אמרתי לו רשע למה אתה מתגאה בעולם שאינו שלך — במי שעתיד
להיות רמה ותולעה, העבודה שאגלחך לשמים — מיד עמדתי ונשקתי
על ראשו אמרתי לו בני כמותך ירבו נוזרי נזירות בישראל. (נדרים ס"ה.)

Der wahre Nasiräer.
(Makame.)

Simon der Fromme erzählt:

Seit Jahren her — gedenk' ich der Mähr', — der herzerfreuen-
den, — eifererneuenden, — Lehre verleihenden. — S'ist ein Exem-
pel, — es war im Tempel, — im geweih'ten, — als vor Zeiten
— aus der Ferne, — gar willig und gerne, — auf Andachts-
Schwingen — eilt zu bringen — das Opfer, das hehre, —
nach Vorschrift der Lehre, — und die Scheere, — zu legen an's
Haar, — das lockig war, — ein Nasiräer. — Er trat näher, —
ihn sieh't mein Auge, — ich steh' und sauge — die freundlichen
Blicke, — die zurücke — die meinen mir zahlen, — und glänzend
strahlen — aus Augen wie Kohlen, — die unverhohlen — ein Herz
ohne Sünden — laut verkünden, — voll Leben die Wangen, —
die umhangen — von dunk'len Haaren, — die da waren —
bereit zu fallen — heut' mit allen — lockigen Ringen, — die da
umhingen — die Gestalt, die hehre, — unter der Scheere. —

„Junger Mann! — was ficht dich an?" — fragt' ich er-
schrocken, — „daß du die Locken — dir trennst vom Scheitel? —
bist wohl nicht eitel; — doch was dich bewogen — und entzogen —

3

irdischen Freuden, — Wein zu meiden, — Haar wie Seiden —
abzuschneiden — und zu missen, — darf ich's wissen?" — und
den Grund — aus schönem Mund' — bald erfahr' ich. — „Hirte
war ich," — sprach er bescheiden, — „ging oft zu weiden —
Vaters Herde — auf grasiger Erde. — Der Herde nach) — ging
ich zum Bach, — zum klaren und hellen, — (gleich Aaren, den
schnellen, — waren die Wellen) — Wasser zu holen, — wie mir
befohlen. — Wie ich nun beugte — mich, da zeugte — der Bach)
mir wieder — den Bau der Glieder, — das schöne Haar, — das
lockig war; — plötzlich regten — und bewegten — sündige Triebe,
— von Eigenliebe, — von eit'lem Dichten, — nach verbot'nen
Früchten, — nach Putz und Zier, — sich in mir. — Doch ließ ich
umstricken — nicht, und berücken — mich von den Sinnen — und
entrinnen — wollt' ich der Gefahr; — d'rum zum Haar, — das
in Ringeln, — wie im Züngeln — die Schlangen, — mich wollte
fangen, — mich verlocken, — das Herz verstocken — durch Hoch=
muths Stimme, — rief ich im Grimme, — willst verführen —
mich, zu stolziren — auf schöne Glieder, — die da kehren wieder —
in den Schooß der Erden, — und da werden — Würmern zum
Fraße? — Und in Eifers Uebermaße — schwor ich hoch und
hehr: — daß nie sie wachsen mehr, — daß in geweih'ten Hallen
— als Opfer fallen — meine Haare — am Altare." So sprach
der Nasiräer. — Da ging ich näher, — küßt' ihn auf's Haupt, —
das bald beraubt — der schönsten Zierde; — o! rief ich, würde —
jeder Sohn — unserer Nation — geloben wie du, — dann käme
Ruh' — und stiller Frieden — zu uns hienieden.

———————

סומא פורס על שמע וכו' כדר' יוסי דאמר ר' יוסי כל ימי הייתי
מצטער על מקרא זה והיית ממשש בצהרים כאשר ימשש העור באפלה
אמרתי וכי מאי אכפת לו לעור בין אפלה לאורה עד שבא מעשה לידי
פעם אחת הייתי מהלך באישון לילה ואפלה וראיתי סימא שהיה מהלך
ואבוקה בידו אמרתי לו בני אבוקה זו למה לך אמר לי כל זמן שאבוקה
בידי בני אדם רואין אותו ומצילין אותי מן הפחתים ומן הברקנים.
(מגלה ס"ד.)

Des Blinden Frühgebet.

Glänzt im gold'nen Sonnenstrahle
Berg und Thal so lieblich hell,
Strömt aus sonn'gem Goldpokale,
Aus des höhern Lichtes Quell

Licht auf Gottes Erde nieder,
Hebt sich hoch des Menschen Brust,
Steigen Millionen Lieder
Auf in reiner Himmelsluft;

Glänzt die gold'ne Morgenröthe
Durch der Berge Nebelflor,
Steigen fromme Dankgebete
Zu dem Göttergott empor,

Dankend für die hehre Gabe,
Für der Sonne helles Licht,
Selbst der Blind' am Bettelstabe
Früh sein S ch m a mit Andacht spricht.

Armer Mann! wie magst du danken,
Du, dem nie ein Morgen lacht,
Hebst die Augen auf, die kranken,
Such'st die Sonn' und findest Nacht?

Was begrüßest du die Sonne,
Blinder, durch ein Dankgebet?
Bringt sie dir des Lichtes Wonne
Wenn sie glänzend aufersteh't?

„Wüßt' ich doch den Grund, den wahren,
Was für dich die Sonne werth?"
Frug ein Rabbi; bis nach Jahren
Einst der Zufall ihn belehrt:

Nächtlich durch die Straßen schreitet
Einst der Rabbi, der dieß frug,
Als 'ne Fakel Licht verbreitet,
Die ein armer Blinder trug.

„Kannst du nicht, mein Sohn, mir sagen,
Was dir diese Fakel nützt?"
„Ja, die Fakel muß ich tragen,
Weil sie mich vor Unfall schützt:

„Droh'n mich Schlingen zu umgarnen,
Droht zum Anstoß mir ein Stein,
Sieh't man mich und kann mich warnen,
Wenn voran mir geh't ein Schein."

„Nachts wer kann zurecht mich weisen,
Sieh't doch Niemand die Gefahr?
D'rum, den Schöpfer will ich preisen,
Der das Licht schuf hell und klar."

Und wenn sich's in Osten zeiget,
Fühlt sich jede Brust erhöh't,
Dann aus allen Herzen steiget
Auf zu Gott ein Dankgebet.

מעשה בר"א ור' יהושע ור' צדוק שהיו מסובין בבית משתה וכו' והי'
ר"ג עומד ומשקה עליהם נתן הכוס לר"א ולא נטלו, נתנו לר' יהושע
וקבלו, אמר לו ר"א מה זה יהושע אנו יושבים ור' גמליאל משקה עלינו,
א"ל מצינו גדול ממינו ששימש, אברהם גדול היה וכתיב בו והוא עומד
עליהם וכו', ושמא תאמר כמלאכי השרת נדמו לו, לא נדמו לו אלא
לערביים ואנו לא יהא ר"ג עומד ומשקה עלינו, אמר להם ר' צדוק עד
מתי אתם מניחים כבודו של מקום ואתם עוסקים בכבוד הבריות, הקב"ה
משיב הרוח ומעלה נשיאים ומוריד מטר ומצמיח אדמה ועורך שלחן לפני
כל אחד ואחד ואנו לא יהא ר"ג עומד ומשקה עלינו.

Das Gastrecht.

Saßen an der Tafelrunde
Viel der Weisen im Verein
Bei Gamliel, der zum Munde
Ihnen reicht' den klaren Wein.

Und es weiden sich die Zecher
An des Wirthes Freudenblick,
Nur El'eser weis't den Becher
Aus Gamliel's Hand zurück.

Doch Josua läss't kredenzen
Von Gamliel sich den Wein,
Sieht des Weines Perlen glänzen,
Denkt, der will getrunken sein.

„Nimmer soll die Zunge netzen,"
Spricht El'eser, „mir der Wein,
Heißt's die Sitte nicht verletzen,
Schenkt Gamliel ihn uns ein?"

„Daß wir sitzen und der Große
Dienend uns den Becher reicht,
Der Gedanke schon, der bloße,
Jede Freude mir verscheuch't."

„Laß' dich, edler Freund, belehren,
Sieh', dein Eifer dich beirrt,
Nimmer schänden, vielmehr ehren
Kann und wird es unsern Wirth."

„Heilig Gastrecht auszuüben,
Selbst, mit dienstbefliss'ner Hand,
Von Abraham steht's geschrieben,
Daß er unter'm Baume stand,"

„Wo die fremden Gäste saßen,
Die der Edle nicht gekannt,
Und die leckern Speisen aßen
Aus Abraham's eig'ner Hand."

So die beiden Weisen stritten
Eifernd in Gamliel's Lob,
Bis die Stimme dann des dritten,
Sanft verweisend, sich erhob:

„Blinder Eifer Euch verleitet,
Euer Lob, es wird zum Spott,
Um der Menschen Ehre streitet
Ihr und denket nicht an Gott,"

„Der gebieten kann den Winden
Durch sein hehres Machtgebot,
Der durch Wolken läss't verkünden,
Wenn der Welt Gewitter droh't,"

„Der da fallen läßt den Regen
Segnend in der Erde Schooß,
Der da spendet reichen Segen,
Sagt, wer ist, wie er, so groß?"

„Und er theilt die reichen Gaben
Selbst doch aus im Erdenland',
D'rum lass't uns am Weine laben,
Aus Gamliel's eig'ner Hand."

———

Heilig ist des Gastrecht's Sitte,
Heilig, wer das Gastrecht ehrt
Im Pallast, wie in der Hütte,
Heilig, wie es Gott uns lehrt.

———

דרש רבא מ"ד שמש וירח עמד זבולה, שמש וירח בזבול מאי בעי
והא ברקיע קביעי, מלמד שעלו שמש וירח מרקיע לזבול ואמרו לפניו
רבש"ע אם אתה עושה דין לבן עמרם אנו מאירין ואם לאו אין אנו
מאירין, באותה שעה זרק בהן הצין וחניתות אמר להם בכל יום ויום
משתחוים לכם ואתם מאירין, בכבודי לא מהיתם בכבוד בו"ד מחיתם
ובכל יום ויום יורה בהן הצים וחניתות ומאירים.   (נדרים פ'ד.)

Die himmlischen Rächer.

Schwangen einst aus ihrem Gleise
Sonn' und Mond sich hoch empor
Bis zum allerhöchsten Kreise,
Den zum Sitz sich Gott erkor,

Riefen, Herr! „wir senkten beide
Stets zur Erd' hinab das Licht,
Doch wenn dort, gehetzt vom Neide,
Frech der Mensch die Schranken bricht;"

„Wenn aus seinem Schlamm' ein Korah
Sich hinan an Mose drängt,
Und den Priester deiner Torah
Kühn mit frechem Hohne kränkt,"

„Ihn, der hoch vor deinem Volke
Her dein heilig Banner trägt, —
Und kein Blitz aus deiner Wolke
Jenen Frevler niederschlägt;"

4

„Wenn du, Weltenherr! nicht retten
Magst des Dieners Ruhm und Ehr,'
Laß' in Nebelflor uns betten,
Denn wir leuchten dann nicht mehr."

„Nimmer soll ein Strahl erleuchten
Das so geistesfinst're Land,
Wo bloß Neid und Bosheit reichten,
Eng verschwistert, sich die Hand."

Da schoß seines Zornes Blitze
Gott das Himmelreich entlang,
Und sein Wort wie Pfeilesspitze
In die Himmelskörper drang:

„Sieh't man eifrig euch erglühen,"
Frug der Schöpfer dann im Zorn,
„Wenn die Heiden vor euch knieen?
Schließt ihr eu'res Lichtes Born?"

„Wenn vor euch sich Kniee beugen,
Dünkt solch' Frevel euch nicht schwer?
Könn't ihr meinetwillen schweigen?
Gilt des Menschen Recht euch mehr?

Rief's, und leuchtend kehrten wieder
Sonn' und Mond zu ihrer Pflicht,
Und der Herr blickt' strafend nieder,
Hielt auf Erden streng Gericht.

חנין הנחבא כי הוה מצטרך עלמא למטרא משדרי רבנן ינוקי דבי רב
לגביה ונקטי ליה בשיפולי דגלימי' ואמרי ליה אבא אבא הב לן מטרא
אמר לפני הקב"ה רבש"ע עשה בשביל אלו שאין מכירין בין אבא דיהיב
מטרא לאבא דלא יהיב מטרא וכו'. (תענית כ"נ.)

Der Kinder Gebet.

Drückend fiel auf Wald und Fluren
Rings der Sonne heißer Strahl,
Alles zeigt des Brandes Spuren,
Jedes Blatt war welk und fahl.

Alles blickt in heißem Sehnen
Bang hinauf zum Sternenzelt,
Doch der Himmel hat nicht Thränen
Für den heißen Schmerz der Welt.

Auf zu Gott, um seinen Segen,
Steigen die Gebete heiß,
Und doch mischt kein sanfter Regen
Sich noch mit des Landmann's Schweiß.

„Ach! der Himmel scheint zu wenden
Von uns seine Vaterhuld,
Straft die Welt an allen Enden
Für der schweren Sünden Schuld."

„Laßt doch," ruft das Volk, „die Knaben
Hin zum frommen Chanin geh'n,
Daß vereint des Himmels Gaben
Sie von Gott für uns erfleh'n."

5

„Hat der Herr nicht Wohlgefallen
An des Volkes heiß' Gebet,
Nehm' er an der Kinder Lallen,
Das aus reinem Herzen geh't."

„Ja, Gebete nur der Frommen
Oeffnen uns des Segens Born,
Gott erhört sie, und genommen
Ist von uns des Himmels Zorn."

Chanin sitzt und sieht beklommen
Das so fluchbelad'ne Jahr,
Sieh', in's Haus des edlen Frommen
Dringt hinein der Kinder Schaar;

Aus dem Lehrhaus erst entlassen,
All' im Knabenalter kaum,
Steh'n vor Chanin sie und fassen
Seines weiten Kleides Saum.

„Vater, Vater! gib uns Regen,
Auf dich fällt des Volkes Blick,
Du nur, heißt es, bringst uns Segen,
Send' uns doch nicht leer zurück!"

So in kindlich tiefer Wehmuth
Dringt ihr Ruf in Chanin's Ohr,
Und der Fromme hebt in Demuth
Seinen Blick zu Gott empor.

„Soll Erhörung, Herr! nicht krönen
Das Gebet des Volkes dein,
Lass' die Unschuld dich versöhnen,
Sieh' der Kinder Herzen rein,"

„Die nicht wissen, daß der Segen
Kömmt allein, o Herr! von dir,
Und in frommer Einfalt Regen
Heischen, im Gebet von mir;"

„Die mich betend Vater nennen,
Mich, den irdisch schwachen Mann,
Lehr' sie, Gott! den Vater kennen,
Der allein sie segnen kann."

Sprach's, und auf des Schöpfers „Werde"
Fällt zur Erd' ein Regenguß,
Und der Himmel gibt der Erde
So den feuchten Liebeskuß.

תנא אין איש מת אלא לאשתו

Die Witwe.

Reißt von treuer Gattin Seite
Früh der Tod den Gatten fort,
Heilt die Herzenswund', die breite,
Nur im lichten Jenseits dort.

Ob der F r e u n d aus vollem Herzen
Auch um den Verblich'nen weint,
Ob die Mitwelt ihre Schmerzen
Mit dem Schmerz' der Gattin eint;

Bald versiegt der Thränen Quelle,
F r e u n d e s Auge bleibt nicht feucht,
Ja, sein Blick wird wieder helle
Und sein Herz wird wieder leicht.

Doch am öden Witwenleben
Unersättlich nagt der Gram,
Wer vermag ihr d a s zu geben,
Was zu früh der Tod ihr nahm?

Ach! die Arme ringt hienieden
Mit des Schicksals Macht a l l e i n,
Und es kehrt der Seelenfrieden
Erst bei ihr im J e n s e i t s ein.